La princesa Espadachina

Para Sam, Nathan y Charlotte – H. H.
Para Isabel, con amor – D. A.

Puedes consultar nuestro catálogo en www.picarona.net

La princesa Espadachina
Texto: *Hollie Hughes*
Ilustraciones: *Deborah Allwright*

1.ª edición: mayo de 2019

Título original: *Princess Swashbuckle*

Traducción: *David Aliaga*
Maquetación: *Montse Martín*
Corrección: *Sara Moreno*

© 2018, Hollie Hughes & Deborah Allwright
Publicado por acuerdo con Bloomsbury Pub. Plc.
(Reservados todos los derechos)
© 2019, Ediciones Obelisco, S.L.
www.edicionesobelisco.com
(Reservados los derechos para la lengua española)

Edita: Picarona, sello infantil de Ediciones Obelisco, S.L.
Collita, 23-25. Pol. Ind. Molí de la Bastida
08191 Rubí - Barcelona
Tel. 93 309 85 25 - Fax 93 309 85 23
E-mail: picarona@picarona.net

ISBN: 978-84-9145-227-0
Depósito Legal: B-26.878-2018

Printed in China

La princesa Espadachina

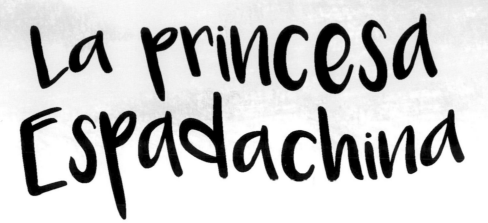

Texto:

Hollie Hughes

Ilustraciones:

Deborah Allwright

Picarona

Érase una vez
un país muy lejano,
en el que vivía una **princesa rana**
que tenía el rostro verde y delicado.

Espadachina era su nombre
y tenía un sueño desde
que no se tenía sobre sus patas:
surcar los siete mares
y convertirse en la reina de los piratas.

Pero…

EL
GRAN
BAILE
DE LAS
RANAS

A su papá y a su mamá no les gustaba:
—¡De ninguna manera una **pirata** serás!
Lo que haremos será buscar para ti
un apuesto príncipe sin más.

—¿Qué te parece Hubert?
Es un anfibio apuesto y educado.
—¡Ni hablar —respondió la princesa—.
Vive junto a un pantano.

—Entonces, podrías tener una cita con Gerald,
¡sabe un montón!
—Gracias, pero no –dijo la princesa–.
Vive bajo un tocón.

—En ese caso, inténtalo con Jasper,
que tiene una casa preciosa y es bien guapo.
—¿Estás de broma? –farfulló Espadachina.
¡Pero si es un sapo!

Espadachina imaginaba cómo sería su vida
en Ranalandia con su futuro marido,
y muy pronto se dio cuenta de que sería
muy distinta de lo que siempre
había querido.

Así que hizo las maletas
y se lanzó a la mar.
Saltó al primer barco pirata que vio
y así comenzó la aventura
que vamos a contar…

La tripulación del Pez Pestoso
estaba muy baja de moral
porque su capitán había abandonado el barco
para irse a vivir lejos del mar.

La princesa Espadachina comprendió
que necesitaban una **nueva** capitana.
Y en lo más hondo de su corazón de rana,
supo que con ellos su sueño podría alcanzar.

—¡Escuchadme
bien, grumetes:
ahora yo seré
la **capitana**!
Y navegaremos
por el mar
buscando
personas a
las que ayudar.

—¡Hip, hip, hurra!—celebraron los piratas.
—¡Por fin tenemos un rumbo!

¡Rápido, izad las velas, despejad la cubierta,
levad anclas! Ya no daremos más tumbos.

La capitana pirata Espadachina
puso un poco de calma
y levaron anclas para ayudar
a criaturas de aquí y de allá.

Ayudaron a una ballena perdida a encontrar un nuevo hogar.

Ayudaron a un tímido ratón a encontrar su valor.

ESCUELA DE

Ayudaron a una serpiente a hornear un pastel
y a abrir una escuela de hostelería.
Los piratas estuvieron de acuerdo:
ayudar a los demás era lo que querían.

En la tierra y en el mar, el Pez Pestoso
comenzó a hacerse famoso.

Y a bordo, cada día disfrutaban
los miembros de la familia pirata.

Hasta que…

Un día, la princesa Espadachina
sintió un cosquilleo en la barriguita,
y supo que debía ser añoranza.
Echaba de menos a su familia.

Así que envió a Ranalandia
una cucharada de cariño,
un tarro de carcajadas,
un montón de sonrisas,
y un pastel de queso de Luna.

Parecía que haber mandado afecto a casa
había hecho mejorar la cosa.
Unos días después, un loro mensajero
llegó con una epístola…

Lo sentimos, Espadachina,

escribían mamá y papá,

no necesitabas un príncipe.

Nos dimos cuenta el día

en que te fuiste.

Desde entonces te extrañamos.

Te queremos y te queremos

de vuelta en casa.

Por favor, regresa a Ranalandia,

y vive aquí tus andanzas.

♡ Mamá y papá ♡

♡ × ♡ ×

La capitana pirata
en seguida supo que quería volver.
Le pidió ayuda a la ballena
y se **despidió** de la tripulación.

Cuando el rey y la reina
se despertaron al día siguiente
tuvieron una visión
sorprendente.

¡Su querida
princesa Espadachina
estaba de nuevo
allí con ellos!

El rey y la reina decidieron abdicar
y así la joven Espadachina pudo reinar.

Gobernó los mares como reina pirata,
navegando en su real fragata.

Los años venideros estuvieron llenos de acción...

con viajes…

risas…

y diversión.

Y a todos en Ranalandia
para siempre la felicidad llegó.